L'Ecume Des Jours

FichesdeLecture.com

L'Ecume Des Jours
(Fiche de lecture)

I. INTRODUCTION

L'auteur

Boris Vian (1920-1959) est un écrivain et artiste français qui a abordé de nombreux genres littéraires, du roman au poème, en passant par la critique et la chronique. Outre ses romans teintés d'absurde, comme *L'écume des jours* et *L'Arrache-coeur*, il a aussi écrit sous le pseudonyme de Vernon Sullivan, dans un style américain, des romans policiers comme *J'irai cracher sur vos tombes*, (vite attaqué pour « outrage aux bonnes mœurs » par le « Cartel d'action sociale et morale » de Daniel Parker[1]) qui ont eu tendance à éclipser les livres qu'il écrivait sous son propre nom. Son influence se ressent notamment dans la musique française (chez Serge Gainsbourg, par exemple), et sa redécouverte dans les années 1960-70 fait de lui un écrivain classique.

L'œuvre

L'écume des jours est publié en 1947. C'est un roman absurde et satirique dont les personnages détestent le travail et vivent pour le plaisir. Son héros, Colin, voit sa vie bouleversée par sa rencontre avec Chloé, qu'il épouse ; lorsque celle-ci tombe malade, il dépense sa fortune pour la soigner. Pendant ce temps, son ami Chick est obsédé par l'œuvre du philosophe Jean-Sol Partre, y consacrant tout son argent et négligeant sa relation avec Alise, sa petite amie.

---

[1]Ce Cartel est une « ligue de moralité », des groupes très actifs pendant l'entre-deux-guerres en France, et demandant souvent la censure d'œuvres jugées « immorales ».

II. RÉSUMÉ DU ROMAN

Colin se prépare avant l'arrivée de Chick, qui doit venir dîner comme tous les lundis soirs. Son nouveau cuisinier, Nicolas, lui explique la recette du pâté d'anguilles qu'il a préparé. Chick arrive alors que Colin met la table, et rencontre Nicolas. Colin et Chick prennent l'apéritif grâce au pianocktail de Colin, un appareil qui prépare un cocktail selon les notes jouées sur le clavier ; Chick prépare des cocktails en jouant *Loveless Love*. Chick et Colin mangent, et Colin raconte comment Nicolas a attrapé une anguille dans son lavabo, et Chick parle d'Alise, la nièce de Nicolas, qu'il a rencontrée à une conférence de Jean-Sol Partre, son auteur préféré. Colin et Chick décident d'aller à la patinoire le lendemain.

Colin arrive à la patinoire Molitor, et rejoint Chick et Alise, causant plusieurs accidents entre les patineurs. Chick se plaint, parce qu'il n'arrive à pêcher que des truites dans son lavabo, et pas d'anguilles ; Alise se plaint de son père, qui est agrégé de mathématiques, et insiste sur la fierté qu'elle ressent d'avoir un oncle cuisinier comme Nicolas. Ce dernier arrive, accompagné d'Isis Ponteauzanne, qui patine avec Colin. Isis les invitent à l'anniversaire de Dupont, son chien.

Le jour précédent l'anniversaire, Colin et Nicolas discutent : Colin reproche à Nicolas son respect de l'étiquette ; Nicolas lui explique la recette de l'andouillon des îles au porto musqué ; ils parlent du biglemoi, que les invités d'Isis danseront probablement le lendemain. Nicolas enseigne les rudiments du biglemoi à Colin (notamment qu'il ne faut pas le danser sur du *boogie-woogie*). Le lendemain, Colin se prépare à aller chez Isis ; il discute avec Nicolas et la souris grise à moustaches noires ; en arrivant devant chez Isis, il pense à l'amour et, voyant deux jolies filles entrer, se précipite à l'intérieur. Il est accueilli par Isis, qui lui dit que Dupont est sorti avec de vieux amis, et le présente à Chloé. Chick montre un livre rare de Partre à Colin, et Alise le convainc d'aller danser avec Chloé.

Plus tard, Colin et Chick mangent : ils parlent de Chloé, et Nicolas conseille à Colin d'aller voir Isis pour obtenir plus d'informations sur Chloé. Ils font jouer *Chloé* de Duke Ellington sur un gâteau préparé par Nicolas et sur lequel Chick a tracé des sillons (comme sur un disque vinyle). Colin fend le gâteau en deux, de colère, et y trouve un article de Sartre pour Chick, et un rendezvous avec Chloé pour lui. Plus tard, Colin et Chloé se retrouvent au coin d'une place, et ils sont enveloppés d'un nuage rose, qui leur permet de se promener sans être vus. Ils vont au Bois en passant par un souterrain, et Colin embrasse Chloé.

Plus tard, Colin annonce ses fiançailles avec Chloé à Chick et Alise. Chick dit qu'il voudrait épouser Alise, mais n'a pas assez d'argent pour la faire bien vivre. Colin offre un exemplaire du *Vomi* (de Partre) à Chick et une bague en or à Alise, proposant à Chick de lui donner vingt-cinq mille doublezons (un quart de sa fortune personnelle) pour épouser Alise. Chick et Nicolas acceptent d'être garçons d'honneur au mariage de Colin ; Isis et Alise seront les demoiselles d'honneur, et les frères Desmarets, Coriolan et Pégase, les « pédérastes [2] d'honneur ».

Le jour du mariage, les Desmarets s'habillent pour la noce ; ils parlent de Colin et Chloé, et Pégase fait des reproches à Coriolan, qui a passé la nuit précédente avec une fille, alors qu'ils sont tous les deux pédérastes de profession. Entretemps, à l'église, le Religieux prépare la cérémonie avec le Bedon et le Chuiche. Chloé se prépare chez elle, aidée de la souris grise à moustaches noires et d'Alice et Isis. Chick aide Colin à faire son nœud de cravate, malgré une cravate récalcitrante. Colin et Chick se rendent à l'église, Chick s'arrêtant en chemin pour acheter un exemplaire du *Remugle* ; ils passent chercher Chloé chez elle, et ils vont à l'église en voiture. La grande cérémonie a lieu, et Colin et Chloé sont mariés.

Chloé regarde Colin dormir, puis le réveille ; ils se rendent à la cuisine pour le petit-déjeuner, et Nicolas leur raconte qu'il a passé la nuit avec Isis et ses deux cousines. Ils partent en voyage de noces, et observent les travailleurs qu'ils voient sur les routes. Arrivés à un hôtel, Nicolas leur obtient une chambre en séduisant la fille de l'hôtelier. Le lendemain, Chloé et Colin se prélassent en discutant.

Chick, Alise et Isis sont à une conférence de Jean-Sol Partre, à laquelle les gens se battent pour assister. Alors que Partre arrive enfin, à dos d'éléphant, Chick commence à enregistrer la conférence. Alise parle d'une lettre qu'elle a reçue de Chloé : le voyage va être abrégé, Chloé étant malade. Soudain, le plafond s'écroule, et Partre s'en va dans la confusion.

---

[2] Pédérastie : ici, homosexualité, intérêt pour les jeunes hommes. Vian fait ici un jeu de mots absurde, les « pédérastes d'honneur » complétant en quelque sorte les « garçons d'honneur ».

De retour chez Colin, Nicolas et la souris grise constatent l'état déplorable de l'appartement, qui est devenu plus sombre et étroit depuis la maladie de Chloé ; la souris se blesse en voulant nettoyer les carreaux. Chloé s'est cependant un peu remise, et veut sortir avec toute la bande. Colin vérifie son coffre, n'y trouvant que trente-cinq mille doublezons. Nicolas, Chloé et Colin se rendent chez Isis, pour retrouver Chick et Alise ; Nicolas et les filles vont faire les magasins, et Colin et Chick vont à la patinoire. Là, Colin reçoit un coup de téléphone : Chloé vient d'avoir une syncope. Colin rentre chez lui en courant, et y trouve Chloé sur leur lit, très affaiblie.

Nicolas prépare un remède pour Chloé, et dit à Colin de ne pas s'inquiéter ; il a appelé un docteur. Chloé demande de la musique, et Colin fait jouer *The Mood to be Wooed*. Un docteur arrive, et Nicolas lui faire boire le remède qu'il a préparé pour le faire partir, parce qu'il n'a pas l'air compétent. Le professeur Mangemanche arrive et ausculte Chloé : il entend « une drôle de musique dans son poumon », et leur fait une ordonnance, leur demandant de venir le voir dans trois jours.

Colin et Chick se rendent chez un pharmacien, qui exécute l'ordonnance. Pendant qu'il prépare les remèdes, Chick et Colin observent la pièce, y voyant une sorte de lapin à moitié mécanique, qui prépare les pilules. Colin dit à Chick qu'il serait temps qu'il épouse Alise, mais Chick lui répond qu'il n'a plus que trois mille deux cents doublezons. Le pharmacien revient, suggérant qu'il vaudrait mieux l'assommer et partir sans payer, parce que les remèdes sont chers, mais Colin paye tout de même. Plus tard, Colin lit une histoire d'amour à Chloé, et lui fait prendre ses pilules ; ils doivent aller voir Mangemanche le soir même.

Colin et Chloé se rendent à pied chez Mangemanche, qui explique que Chloé a quelque chose au poumon, et l'examine encore. Il assure que son traitement va marcher, et qu'il y a toujours la possibilité d'une opération. De retour chez eux, Colin et Chloé expliquent la maladie à Nicolas : Chloé a un nénuphar dans le poumon droit, et doit être entourée de fleurs, et ne plus boire du tout. Mangemanche a aussi conseillé que Chloé se rende à la montagne.

Alise vient voir Chloé : la maison est plus sombre, et Nicolas a l'air vieilli. Colin cherche du travail pour payer les soins de Chloé. Entretemps, Chick entre dans une librairie, dont le propriétaire lui vend un exemplaire rare de *La Lettre et le Néon*, ainsi qu'un pantalon et une pipe de Jean-Sol Partre, pour mille doublezons en tout.

Colin et Chick mangent. Chloé est à la montagne, et Colin n'a pas encore trouvé de travail. Chick remarque les changements dans la maison de Colin : Nicolas n'a presque plus d'équipement de cuisine, et la maison est sombre et étroite. Colin décide de renvoyer Nicolas, pour qu'il puisse aller travailler chez les Ponteauzanne et être payé convenablement, mais Nicolas refuse.

Colin se rend à un de ses entretiens d'embauche, mais y est mal reçu : le directeur le soupçonne de vouloir le remplacer, et on suggère que Colin pourrait réparer les chaises que le sous directeur passe son temps à casser. Il est chassé du bureau. Plus tard, Colin est chez un antiquitaire, pour vendre son pianocktail ; l'antiquitaire lui en donne deux mille cinq cents doublezons.

Nicolas surveille son four, convaincu qu'il se transforme en marmite. Colin revient, annonçant la vente du pianocktail. Une lettre de Chloé arrive : elle va rentrer bientôt. Nicolas accepte enfin d'aller travailler chez les Ponteauzanne.

Chloé est revenue. Mangemanche arrive pour l'ausculter, remarquant la déchéance de l'appartement. Auscultant Chloé, Mangemanche voit une cicatrice sous son sein droit : elle s'est faite opérer, et le nénuphar a été retiré, mais l'opération a laisse le poumon droit de Chloé presque arrêté.

Chick travaille ; un accident a lieu dans son atelier, lorsqu'un jet d'essence cesse de fonctionner, les machines tuant quatre ouvriers. Chick se rend chez le chef du personnel pour rapporter la mort des ouvriers et en obtenir de nouveaux, chez le chef du matériel pour faire réparer le jet d'essence, et chez le chef de la production pour signaler la baisse de son rendement ; le chef de la production le renvoie. Il va chez une tourneur de disques pour obtenir ses enregistrements de Partre, et dépense presque tout son salaire.

Isis vient voir Chloé et Colin , l'état de Chloé empire. Isis ne se sent pas digne d'épouser Nicolas. Colin va acheter des fleurs, et revient. Plus tard, Colin répond à une annonce dans le journal, et arrive chez un vieil homme en blouse blanche, qui lui explique l'emploi : il doit planter des canons de fusil, et les faire pousser avec sa chaleur corporelle. Colin travaille, mais ses canons ont des anomalies : la dernière fournée en particulier, comporte des fleurs d'acier au bout des canons. Colin est renvoyé.

Chloé dort, et Colin reçoit Alise, qui se lamente de l'obsession de Chick pour Partre. Chez lui, Chick refuse de sortir, de peur de voir Alise. Il n'a pas payé ses impôts. Entretemps, un sénéchal de la police organise une opération de recouvrement d'impôts contre Chick.

Alise se rend au bar où Partre écrit, et essaye de le convaincre de ne pas publier son Encyclopédie, que Chick attend, pour ne pas encourager son obsession. Partre refuse, et Alise le tue avec l'arrache-coeur de Chick, et part en prenant les allumettes de Partre. Elle fait le tour des libraires qui ont vendu des livres à Chick, brûlant leurs librairies.

Chez Chick, les gendarmes arrivent, et commencent à détruire ses possessions ; Chick les menace avec son tue-fliques, et est abattu. Le feu allumé par Alise s'étend, atteignant la maison de Chick, et Alise elle-même meurt dans l'incendie. Nicolas retrouve son corps.

Colin travaille dans la Réserve d'Or ; il doit crier si des voleurs emportent l'or. Chez lui, la cuisine est envahie. Nicolas et Isis viennent voir Chloé, toujours malade. Colin rentre, renvoyé une fois de plus.

Colin a trouvé un nouvel emploi : il se rend chez les gens pour leur annoncer des mauvaises nouvelles un jour à l'avance. Un jour, il aperçoit son nom sur la liste des gens à visiter, et devine que Chloé sera morte le lendemain.

Colin va voir le Religieux pour organiser l'enterrement de Chloé. Celui-ci le traite odieusement, dégoûté de la pauvreté de Colin : Chloé aura un enterrement de pauvre. La cérémonie a lieu ; le Bedon et le Chuiche se comportent en sauvages et humilient Colin, comme c'est la coutume pour un enterrement de pauvre. Colin discute avec Jésus, qui lui répète que la mort de Chloé n'a rien à voir avec lui.

Colin, Isis et Nicolas se rendent au cimetière des pauvres, suivant les porteurs, qui jettent le corps de Chloé dans la tombe. Elle est recouverte par des pierres et de la terre, jetées par le Bedon et le Chuiche. Entretemps, la souris grise parvient à s'enfuir de l'appartement de Colin, qui s'est replié entièrement.

Plus tard, la souris grise discute avec un chat, lui demandant de la manger. Ils observent un homme (probablement sént Colin), qui hésite à se suicider. Le chat finit par accepter de manger la souris.

III. PRÉSENTATION DES PERSONNAGES

- Colin

Le principal protagoniste du roman. Au début de l'intrigue, Colin est un riche jeune homme oisif, qui méprise le travail et se consacre entièrement au plaisir, recherchant l'amour et appréciant les plats raffinés préparés par Nicolas, et possédant un pianocktail, qui symbolise son amour du jazz et de la bonne chère. Il est successivement attiré par Alise et Isis, avant sa rencontre avec Chloé. Dès son voyage de noces, sa fortune commence à diminuer, et son appartement devient de plus en plus sombre et austère. Sa recherche incessante de travail à la fin du roman montre sa déchéance totale, et il semble prêt, à la fin du roman, à se suicider, ayant littéralement tout perdu.

- Chick

Le meilleur ami de Colin, chez qui il mange souvent. Chick est un ingénieur et n'est pas aisé comme Colin, parce qu'il consacre tout son argent à sa passion (qui devient plus tard une obsession) pour l'œuvre et les diverses « reliques » de Jean-Sol Partre, qu'il finira par défendre avec sa vie. Il possède quelques objets particuliers au nom évocateur : un arrache-coeur[3] et un tue-fliques. Sa relation avec Alise, qui commence au début du roman, souffre de cette obsession pour Partre, jusqu'à la rupture. Chick meurt abattu par des policiers venus saisir ses possessions, lorsqu'il n'a pas payé ses impôts.

- Chloé

La petite amie, puis épouse de Colin. Elle le rencontre à une fête d'anniversaire organisée par Isis Ponteauzanne, et Colin parvient à la séduire après quelques difficultés et beaucoup d'hésitation. Chloé s'entend immédiatement bien avec les autres amis de Colin, notamment Nicolas. Dès son voyage de noces, elle tombe malade, ayant attrapé un nénuphar au poumon droit, et sa maladie sera responsable de la déchéance de Colin et de son appartement, puisqu'il utilisera tout son argent pour essayer de la soigner.

---

[3]Voir le roman du même nom, également de Boris Vian.

Malgré les soins de Mangemanche et une opération, Chloé meurt, précipitant la fin du roman. Elle n'a droit qu'à un enterrement de pauvre, qui est complètement à l'opposé de son mariage.

- Alise

La petite amie de Chick, qu'il a rencontré à une conférence de Jean-Sol Partre, qu'ils admiraient tous les deux. Elle est aussi la nièce de Nicolas, du côté maternel, et regrette le fait que son père soit agrégé de mathématiques, préférant le métier de cuisinier de Nicolas. Elle se désintéresse progressivement de Partre lorsqu'elle voit l'obsession grandissante de Chick, et finit même par tuer Partre pour l'empêcher de publier son Encyclopédie, très attendue, avant de brûler toutes les librairies dont les propriétaires ont abusé de l'obsession de Chick. Elle meurt dans l'incendie qu'elle a provoqué.

- Isis Ponteauzanne

Une amie de Colin, Chick, Alise et Chloé. C'est lors d'une fête d'anniversaire organisée pour son chien, Dupont, que Colin et Chloé se rencontrent. Plus tard, elle entame une relation avec Nicolas, après avoir passé la nuit avec lui, en compagnie de ses deux cousines. Lorsque Colin renvoie Nicolas, il vient travailler chez les Ponteauzanne.

- Nicolas

Le nouveau cuisinier de Colin, au début du roman. Il explique plusieurs recettes à Colin ; excellent cuisinier, il fait notamment un gâteau contenant un rendez-vous avec Chloé, et sur lequel on peut faire jouer Chloé de Duke Ellington. Il est très populaire avec les femmes, séduisant toutes les filles d'hôteliers qu'il croise pendant le voyage de noces de Colin et Chloé, et passant la nuit avec Isis et ses deux cousines. Il vieillit prématurément lorsque l'appartement de Colin devient de plus en plus sombre et sinistre, et est finalement renvoyé pour son propre bien. Il trouve le corps d'Alise, sa nièce, dans les ruines d'une librairie.

- La souris grise à moustaches noires

La souris est une amie de Nicolas, et est responsable, pour une bonne partie du roman, de l'appartement de Colin, lorsqu'il s'assombrit. Lorsque l'appartement disparaît, elle parvient à s'enfuir de justesse ; à la fin du roman, elle demande à un chat de l'aider à mourir.

- Jean-Sol Partre

L'auteur et penseur préféré de Chick. Hommage évident à Jean-Paul Sartre, Partre publie de nombreuses œuvres dont les titres parodient celles de Sartre comme Le Vomi (La Nausée), La Lettre et le Néon (L'Être et le Néant), etc. Ses conférences sont très difficiles d'accès, ses admirateurs se battant littéralement pour y assister. Dans le roman, Partre est le sujet de l'obsession de Chick, qui se procurent des exemplaires rares de toutes ses œuvres dès qu'il les trouve, allant même jusqu'à acheter ses vieux vêtements. Il est finalement tué avec un Arrache-coeur par Alise, qui veut protéger Chick.

- Mangemanche

Le professeur Mangemanche est un médecin réputé, qui essaye de soigner Chloé lorsqu'elle attrape un nénuphar au poumon ; son traitement est malheureusement inefficace.

- Coriolan et Pégase Desmarets

Les « pédérastes d'honneur » au mariage de Colin et Chloé. Dans le roman, Pégase reproche à Coriolan son intérêt pour les femmes, parce qu'ils sont tous deux pédérastes « de profession ».

- Le Religieux, le Bedon et le Chuiche

Des gens d'église qui organisent le mariage de Colin et Chloé, ainsi que l'enterrement de Chloé. Très heureux d'aider Colin lors de son mariage, ils se montrent beaucoup plus insultants pendant l'enterrement de Chloé, parce qu'il s'agit d'un enterrement de pauvre.

La Duchesse de Bovouard

Une auteure, mentionnée plusieurs fois dans le roman, et qui semble être une comparse de Partre, ce que confirme son nom, qui rappelle Simone de Beauvoir, philosophe et compagne de Jean-Paul Sartre.

- Le libraire

Il vend des vieilles possessions de Partre à Chick, encourageant son obsession.

- L'antiquitaire

Il rachète le pianocktail de Colin lorsque celui-ci manque d'argent, acceptant de payer Colin moins qu'il ne l'avait proposé au début.

- Le tourneur de disques

Il fait des disques avec l'enregistrement que Chick a fait de la conférence de Partre, le faisant dépensant ses derniers doublezons.

- Le pharmacien

Il prépare les remèdes pour Chloé, et encourage Colin à les lui voler, parce qu'ils sont chers.

- Chefs du personnel, du matériel, et de la production

Des supérieurs de Chick, qui le renvoient lorsqu'un accident tue plusieurs ouvriers dans son atelier, réduisant son rendement. Ils servent à Vian à établir une satire du travail.

- Un directeur et son sous-directeur

Ils reçoivent Colin à un entretien d'embauche, mais n'ont pas d'emploi à lui donner. Ils servent à Vian à établir une satire du travail.

- Le vieil homme en blouse blanche

Malgré son apparence, il n'a que 29 ans. Il reçoit Colin, lui expliquant son emploi, qui consiste à faire pousser des canons de fusil, avant de le renvoyer lorsque ses canons se montrent défectueux.

- Le sénéchal de la police

Il organise le raid chez Chick, pour recouvrement d'impôts et « passage à tabac », ordonnant à ses hommes, qu'il appelle tous « Douglas », de détruire les possessions de Chick, avant d'abattre ce dernier.

- Le chat

A la fin du roman, il accepte d'aider la souris à se suicider, alors qu'ils observent tous deux Colin se lamenter.

IV. AXES DE LECTURE

- Un monde absurde et violent

L'écume des jours est fortement teinté d'une forme d'absurde qui n'est pas sans rappeler l'humour anglais (ou *nonsense*), typiquement absurde et noir (plaisantant sur la mort, par exemple) ; ainsi, le monde dans lequel vivent Colin et les autres personnages défie toute logique à de nombreuses reprises, et la mort y est traitée avec légèreté, sauf en ce qui concerne les personnages principaux. De plus, la présence d'inventions fantaisistes et grotesque ajoute à l'aspect absurde et onirique[4] de l'œuvre.

Ainsi, le monde de *L'écume des jours* est le théâtre de beaucoup d'évènements illogiques : on peut y faire pousser des canons de fusil ; on peut y faire jouer de la musique sur un gâteau ; on peut y discuter avec Jésus sur la croix ; Jean-Sol Partre arrive à dos d'éléphant à sa conférence ; Nicolas pêche des anguilles dans son lavabo, et Chick des truites ; l'appartement de Colin s'assombrit et finit par se replier sur lui-même au fur et à mesure que la maladie de Chloé progresse. C'est un monde où l'inattendu et l'impossible peuvent se produire à tout moment, et aucun personnage ne s'en étonne jamais.

La mort est un grand sujet de l'œuvre mais, avant la décès de Chick, Alise et Chloé, elle n'est pas un sujet *sérieux*. Colin tue un garçon de la patinoire lorsqu'il ne va pas assez vite à son goût, le décapitant d'un coup avant de s'en aller, et Chick laisse mourir quatre ouvriers dans un accident lorsqu'il travaille, la seule conséquence étant son renvoi, parce que son rendement a baissé. La mort de Jean-Sol Partre est aussi marquée par cette sorte d'apathie envers la mort, puisqu'Alise le tue dans un bar sans provoquer de réaction chez les autres clients, avant de partir. La mort de Chick est due à la violence de la police, dont l'opération de recouvrement d'impôts dégénère très vite (Boris Vian en profitant pour faire une satire de la police), et Alise meurt lorsque les pompiers n'arrivent pas assez vite pour la sauver de l'incendie qu'elle a commencé. Seule la mort de Chloé est prise au sérieux tout en restant absurde, puisqu'elle meurt d'un nénuphar au poumon.

Enfin, les inventions qui abondent dans l'œuvre sont diverses et fantaisistes : un lapin à moitié mécanique, qui fabriquent des pilules chez un pharmacien ; un arrache-coeur, dont Alise se sert pour tuer Jean-Sol Partre ;

---

[4]Onirique: qui a rapport au rêve.

un tue-fliques, dont Chick essaye de se servir contre les policiers venus saisir ses possessions ; et le pianocktail de Colin, qui mélange les alcools selon les notes jouées sur son clavier, et dont Vian décrit le fonctionnement avec précision au premier chapitre.

Le monde de *L'écume des jours* est donc marqué par un sentiment aussi irréel que sinistre, la mort survenant de façon parfois absurde, et étant le plus souvent ignorée. Les personnages eux-mêmes prennent part à des situations grotesques sans se poser de question, et tous seront, d'une manière ou d'une autre, les victimes de cette absurdité constante.

- Jean-Sol Partre : l'obsession de Chick

Jean-Sol Partre est un philosophe fictif, créé par Boris Vian pour faire hommage à Jean-Paul Sartre, et dont les œuvres sont des parodies évidentes des œuvres de Sartre. Dans le roman, il est le sujet d'une obsession de plus en plus malsaine de Chick, qui achète de façon systématique les exemplaires de ses livres, cherchant les éditions les plus rares, enregistre une de ses conférences pour l'écouter plus tard, et se procure même ses effets personnels (pantalon, pipe, etc.). Si Partre est largement absent du roman, n'apparaissant en personne que deux fois, il est extrêmement important pour l'intrigue concernant Chick et Alise.

Les œuvres de Partre ont des noms évocateurs, qui parodient les œuvres de Sartre, comme *Le Vomi (La Nausée), La Lettre et le Néon (L'Être et le Néant), Le Remugle* (qui pourrait être *L'imaginaire*, ou *L'imagination*), etc. Un autre personnage du même genre est la Duchesse de Bovouard, une parodie de Simone de Beauvoir, philosophe et compagne de Jean-Paul Sartre, qui est plusieurs fois mentionnée dans le roman. Partre, malgré son caractère secondaire et son absence *physique*, est presque omniprésent dans le roman : outre Chick, qui admet au début du roman que « en dehors de Jean-Sol Partre, je ne lis pas grand-chose », Alise est aussi une admiratrice de l'auteur ; Nicolas est Président du Cercle Philosophique des Gens de Maison de l'arrondissement, et annonce au chapitre 9 qu'il se rend à une réunion dont le sujet sera les théories de Partre ; enfin, lorsqu'il songe à Alise et Chick au chapitre 5, Colin tente de se distraire en pensant à Partre.

A chacune de ses apparitions dans *L'écume des jours*, qu'il vienne voir Colin ou se promène simplement, Chick a toujours Partre en tête, montrant une nouvelle acquisition à Colin, ou achetant un livre parce qu'il vient de le voir dans une vitrine (y compris lorsqu'il se rend au mariage de Colin et

Chloé), dépensant le peu d'argent qui lui reste pour obtenir des « reliques » de Partre qu'un libraire sans scrupules lui présente, ou pour payer un tourneur de disques qui a mis la conférence que Chick a enregistrée sur des disques (que Chick finira par écouter seul). C'est cette obsession qui mènera Chick à sa mort, puisqu'en refusant de payer ses impôts pour acheter du Partre, il devient la cible d'une opération de recouvrement d'impôts, pendant laquelle il est abattu par la police.

Les deux apparitions de Partre sont marquées par un certain chaos : ainsi, la conférence à laquelle se rendent Chick, Alise et Isis au chapitre 28 est le sujet d'une description dans laquelle Vian mentionne des spectateurs parachutés, ou tentant de s'infiltrer en se cachant dans des cercueils ou en passant par les égouts (tous ces spectateurs étant d'ailleurs tués sans pitié par la police et les pompiers) ; Partre lui-même arrive en éléphant, provoquant la cohue, et n'est entendu par personne pendant la conférence à cause du vacarme des spectateurs, s'enfuyant lorsque le plafond s'écroule. Sa deuxième apparition est plus calme, mais mène tout de même à sa mort, puisqu'Alise le tue avec un arrache-coeur ; de plus, c'est avec ses allumettes qu'Alise met plus tard le feu aux librairies.

Jean-Sol Partre est donc, outre son caractère parodique évident, un des grands moteurs de l'intrigue en ce qui concerne Chick et Alise, puisqu'il est indirectement responsable de leur déclin, leur éloignement, et finalement leur mort.

- Une conception anarchiste du travail et de l'administration

Une partie importante de *L'écume des jours* est consacrée à une satire du travail, qui est méprisé par la plupart des personnages, qui ont d'ailleurs la possibilité de rester oisif, grâce à leur fortune : c'est le cas, par exemple, de Colin (au début du roman) et Isis , Nicolas travaille parce qu'il aime être le cuisinier de Colin ; ainsi, seul Chick travaille vraiment par nécessité. Cet état de faits est l'occasion pour Vian de critiquer la conception traditionnelle du travail, et de l'administration qui l'accompagne.

Colin se permet de ne pas travailler grâce à sa fortune (environ cent mille doublezons au début du roman), jusqu'à la maladie de Chloé, dont le traitement coûte extrêmement cher. La « déchéance » de Colin a plusieurs conséquences, mais la première est son besoin de trouver un emploi : il se rend à un premier entretien, où il est reçu par un directeur et un sous-directeur qui, non seulement n'ont pas de place à lui proposer, mais l'accusent de vouloir leur voler les leurs. Le premier emploi de Colin consiste à faire pousser des canons de fusil en utilisant sa chaleur corporelle, mais il est renvoyé parce qu'il fait pousser des fleurs métalliques sur les canons (un appel au pacifisme de la part de Vian ?) ; son second emploi consiste à surveiller la Réserve d'Or, et de crier si des voleurs arrivent à y pénétrer ; enfin, son dernier emploi consiste à annoncer les mauvaises nouvelles aux gens une journée à l'avance, un poste qu'il abandonne lorsqu'il apprend que Chloé va mourir le lendemain.

Chick est le seul personnage qui travaille tout au long du roman (même s'il se fait remplacer pour se consacrer à sa passion pour Partre) : il est ingénieur, et a la charge de toute une salle dans laquelle des ouvriers opèrent des machines dangereuses. Vers la fin du roman, un accident a lieu lorsqu'un jet d'essence alimentant une de ces machines cesse de fonctionner, et quatre ouvriers meurent, dévorés par la machine. C'est alors l'occasion pour Vian de faire une critique humoristique de l'administration, puisque Chick se rend d'abord chez le responsable du personnel pour demander de nouveaux ouvriers, avant d'être envoyé chez le responsable du matériel pour faire réparer le jet d'essence, et enfin chez le chef de la production, qui lui signale que son rendement a baissé de *0,78 %*, et cette baisse infime suffit à le faire renvoyer.

Le travail est donc largement méprisé par les personnages de *L'écume des jours*, qui l'évitent autant qu'ils peuvent, Colin ne se décidant à travailler que par nécessité, pour payer le traitement de Chloé, et Chick pour la même raison, tout son argent passant dans son obsession pour les œuvres de Partre. Boris Vian réalise une critique du travail, qui semble selon lui impossible à réconcilier avec une existence heureuse, puisque tous les personnages touchés de près ou de loin par le travail (Colin et Chloé, puisque Colin travaille pour la sauver, et Chick) sont frappés par le malheur ; de plus, Vian réalise également une satire de l'administration, par les personnages ridicules du directeur et du sous-directeur, et le renvoi de Chick, qui passe par toute la structure hiérarchique de son travail pour être finalement renvoyé pour une baisse insignifiante de son rendement.

-   Le nénuphar : un cancer du roman

La maladie de Chloé est un point important de l'intrigue de *L'écume des jours*. C'est une maladie absurde, qui reste dans le ton du reste de l'œuvre, mais a tout de même des conséquences désastreuses, précipitant la déchéance de Colin et la dissolution du groupe formé par Colin, Chick, Alise, Chloé, Nicolas et Isis. Elle peut être perçue comme une métaphore du cancer, le nénuphar situé dans le poumon de Chloé risquant de grandir, et rendant son poumon complètement inutilisable, mais ses effets dépassent de simples symptômes du cancer, puisque la maladie a aussi des manifestations physiques en-dehors de Chloé, attaquant l'appartement de Colin lui-même, et vieillissant Nicolas.

Le fait que Chloé ait un nénuphar dans le poumon droit est insensé et parfaitement en phase avec le reste de l'œuvre, et la maladie est traitée avec légèreté par Vian (et non par les personnages) pendant une certaine partie du roman, qui ne semble la prendre au sérieux que lorsque Chloé s'évanouit au chapitre 31, et que Colin se précipite chez lui pour vérifier son état. A partir de ce moment de l'intrigue, la perspective du roman change : Nicolas prépare un remède pour Chloé et n'accepte de recevoir que le meilleur médecin pour elle, Mangemanche ; ce dernier suggère le meilleur traitement auquel il peut penser, c'est-à-dire entourer Chloé de fleurs et l'empêcher de boire pour ne pas aggraver la situation et empêcher le nénuphar de s'ouvrir. Colin cherche emploi après emploi pour payer le traitement, et Nicolas refuse longtemps de quitter son service, pour rester à leurs côtés.

Le nénuphar n'est cependant pas qu'une simple maladie qui attaque Chloé, mais aussi un élément qui semble décidé à détruire la vie entière de Chloé et Colin : dès que Chloé tombe malade, l'appartement de Colin commence à s'assombrir et à devenir plus étroit, ce que remarquent Nicolas et la souris grise à moustaches noires, cette dernière se blessant même en essayer de nettoyer un carreau. La maladie de Chloé et la pauvreté de Colin, qui en résulte, ont aussi un effet sur Nicolas, qui semble vieillir prématurément, finissant par accepter de quitter le service de Colin, qui ne peut plus le payer convenablement. L'impact de la maladie est tel que l'appartement finit, pendant l'enterrement de Chloé, par se replier sur lui-même, la souris parvenant à s'enfuir de justesse.

Le nénuphar de Chloé est donc non seulement un cancer pour elle, mais aussi pour les autres personnages et l'appartement de Colin : il dissout leur groupe d'amis, force Colin à travailler et à se séparer de Nicolas, et détruit l'appartement de Colin. Bien plus qu'une maladie « personnelle », le nénuphar précipite la fin de l'intrigue et donne un ton tragique à l'œuvre ; au-delà d'un cancer pour Chloé, c'est un cancer du roman, qui détruit les personnages, leurs possessions, et leurs idéaux.

- L'importance du jazz et de la cuisine

L'écume des jours accorde, dans la première moitié du roman tout du moins, une place importante à la gastronomie et à la musique jazz. Colin est particulièrement friand de la cuisine de Nicolas, qui est un chef très doué, et de la musique de Duke Ellington, dont le morceau *Chloé* est mentionné à plusieurs reprises dans le roman comme un *leitmotiv*[5]. Ces deux passions, qui sont surtout celles de Colin, représentent sa vie avant la déchéance, lorsqu'il est encore riche, et leur disparition progressive est symboliquement très importante.

Au début du roman, le personnage de Nicolas est introduit : en tant que nouveau cuisinier de Colin, il aide à symboliser le mode de vie de ce dernier, qui est riche et oisif, et se permet donc d'engager du personnel. Les plats raffinés sont nombreux dans la première partie du roman (c'est-à-dire avant le mariage), comme le pâté d'anguilles ou l'andouillon au porto (des recettes attribuées à Gouffé[66]). De la même façon, le jazz est très présent au début du roman, Colin présentant son pianocktail à Chick, et Nicolas conseillant à Colin de danser le biglemoi sur *Chloé* de Duke Ellington ou sur le *Concerto pour Johnny Hodges*. Le morceau *Chloé*, en particulier, apparaît plusieurs fois, étant notamment joué sur un gâteau de Nicolas, mêlant parfaitement les deux grandes passions de Colin.

La grande cuisine disparaît dès que la maladie de Chloé s'aggrave : Nicolas décide ne plus cuisiner que des choses simples, disant que Gouffé, « c'est bon pour les snobards », son matériel de cuisine n'étant de toute façon plus à la hauteur de la cuisine raffinée. De la même façon, le jazz disparaît assez vite pendant la maladie de Chloé, ne revenant que lorsque Colin joue *The Mood to be Wooed* pour Chloé, et que l'antiquitaire joue sur le pianocktail que Colin lui vend.

---

[5]Leitmotiv: thème (ou « phrase ») musical utilisé plusieurs fois dans un morceau.
[6]Jules Gouffé (1807-0877), grand cuisinier français, très connu pour son influence sur les pratiques culinaires et ses livres de cuisine.

Le jazz et la cuisine sont donc des éléments importants en ce qui concerne le personnage de Colin, dont la richesse au début du roman lui permet de se consacrer uniquement à son plaisir, un privilège qu'il perd au fur et à mesure que la maladie de Chloé progresse et que sa fortune diminue. Outre les recettes de Gouffé, le morceau *Chloé* est un élément récurrent dans l'œuvre, et finit même par hanter Colin, lui rappelant autant sa déchéance que la souffrance de Chloé.

- Noces et funérailles : une inversion symbolique

Le mariage de Colin et Chloé et l'enterrement de Chloé sont deux évènements qui marquent un profond changement de ton dans *L'écume des jours*. Le mariage permet de faire évoluer l'intrigue, qui n'est alors plus réduite à la quête de Colin, qui cherche la femme de ses rêves, tombant amoureux de toutes celles qu'il rencontre ; l'enterrement de Chloé, quant à lui, ferme le roman, concluant la longue déchéance de Colin et la maladie de Chloé, qui ont presque immédiatement succédé au mariage.

Le mariage de Colin est Chloé est somptueux : encore riche à ce moment de l'œuvre, Colin a payé pour des musiciens, une voiture avec chauffeur, et a laissé le Religieux, le Chuiche et le Bedon organiser la cérémonie comme ils le voulaient, ce qu'ils ont fait avec enthousiasme. Alise et Isis sont demoiselles d'honneur, et Nicolas et Chick sont garçons d'honneur ; les chapitres concernant le mariage ont un ton léger et fantaisiste, en particulier le chapitre 18, dans lequel le Religieux et ses acolytes préparent l'église pour le mariage, repeignant les murs, préparant le balcon pour les musiciens ; Colin et Chloé se préparent chacun de leur côté sans appréhension, accompagnés de leurs plus proches amis, et pas même la mort du chef d'orchestre ne parvient à ruiner la cérémonie.

L'enterrement de Chloé, en revanche, est beaucoup plus sinistre pour de nombreuses raisons : outre l'effet évident de la mort de Chloé sur Colin, Isis et Nicolas (Chick et Alise étant déjà morts), elle a aussi lieu alors que Colin n'a presque plus d'argent, ayant tout dépensé pour soigner Chloé. Il est donc obligé d'organiser un enterrement de pauvre, ce que le Religieux lui reproche ouvertement, méprisant sa pauvreté d'autant plus que Colin avait étalé sa richesse lors de son mariage. Les funérailles elles-mêmes sont marquées par le mépris du Religieux, du Bedon et du Chuiche, qui humilient Colin et salisse la mémoire de Chloé pendant une cérémonie grotesque et vulgaire. Chloé est à peine enterrée, son corps étant simplement jeté dans une tombe ouverte, et les religieux le recouvrant de pierres et de poignées de terre.

Le mariage et l'enterrement marquent donc, dans le roman, la différence entre deux grandes périodes pour les personnages, et pour Colin en particulier : avant le mariage, il est malheureux en amour, mais riche, sans besoin de travailler, jusqu'à sa rencontre avec Chloé ; après le mariage, il doit travailler pour payer le traitement de Chloé, qui est tombée malade pendant leur voyage de noces, et sa déchéance commence ; lorsque Chloé est enterrée, Colin a enfin touché le fond, tous ses efforts n'ayant servi à rien, et il commence à se laisser mourir. L'opposition symbolique entre mariage et enterrement est ici utilisée de façon très efficace par Vian, qui se sert des cérémonies comme « bornes » pour marquer l'évolution de ses personnages, tout en influençant l'intrigue.

Dans la même collection en numérique

- 22 -

Les Misérables
Le messager d'Athènes
Candide
L'Etranger
Rhinocéros
Antigone
Le père Goriot
La Peste
Balzac et la petite tailleuse chinoise
Le Roi Arthur
L'Avare
Pierre et Jean
L'Homme qui a séduit le soleil
Alcools
L'Affaire Caïus
La gloire de mon père
L'Ordinatueur
Le médecin malgré lui
La rivière à l'envers - Tomek
Le Journal d'Anne Frank
Le monde perdu
Le royaume de Kensuké
Un Sac De Billes
Baby-sitter blues
Le fantôme de maître Guillemin
Trois contes
Kamo, l'agence Babel
Le Garçon en pyjama rayé
Les Contemplations

Escadrille 80

Inconnu à cette adresse

La controverse de Valladolid

Les Vilains petits canards

Une partie de campagne

Cahier d'un retour au pays natal

Dora Bruder

L'Enfant et la rivière

Moderato Cantabile

Alice au pays des merveilles

Le faucon déniché

Une vie

Chronique des Indiens Guayaki

Je voudrais que quelqu'un m'attende quelque part

La nuit de Valognes

Œdipe

Disparition Programmée

Education européenne

L'auberge rouge

L'Illiade

Le voyage de Monsieur Perrichon

Lucrèce Borgia

Paul et Virginie

Ursule Mirouët

Discours sur les fondements de l'inégalité

L'adversaire

La petite Fadette

La prochaine fois

Le blé en herbe

Le Mystère de la Chambre Jaune

Les Hauts des Hurlevent

Les perses

Mondo et autres histoires

Vingt mille lieues sous les mers

99 francs

Arria Marcella

Chante Luna

Emile, ou de l'éducation

Histoires extraordinaires

L'homme invisible

La bibliothécaire

La cicatrice

La croix des pauvres

La fille du capitaine

Le Crime de l'Orient-Express

Le Faucon malté

Le hussard sur le toit

Le Livre dont vous êtes la victime

Les cinq écus de Bretagne

No pasarán, le jeu

Quand j'avais cinq ans je m'ai tué

Si tu veux être mon amie

Tristan et Iseult

Une bouteille dans la mer de Gaza

Cent ans de solitude

Contes à l'envers

Contes et nouvelles en vers

Dalva

Jean de Florette

L'homme qui voulait être heureux

L'île mystérieuse

La Dame aux camélias

La petite sirène

La planète des singes

La Religieuse

1984 A l'Ouest rien de nouveau

Aliocha

Andromaque

Au bonheur des dames

Bel ami

Bérénice

Caligula

Cannibale

Carmen

Chronique d'une mort annoncée

Contes des frères Grimm

Cyrano de Bergerac

Des souris et des hommes

Deux ans de vacances

Dom Juan

Electre

En attendant Godot

Enfance

Eugénie Grandet

Fahrenheit 451

Fin de partie

Frankenstein

Gargantua

Germinal

Hamlet

Horace

Huis Clos

Jacques le fataliste

Jane Eyre

Knock

L'homme qui rit

La Bête humaine

La Cantatrice Chauve

La chartreuse de Parme

La cousine Bette

La Curée

La Farce de Maitre Pathelin

La ferme des animaux

La guerre de Troie n'aura pas lieu

La leçon

La Machine Infernale

La métamorphose

La mort du roi Tsongor

La nuit des temps

La nuit du renard

La Parure

La peau de chagrin

La Petite Fille de Monsieur Linh

La Photo qui tue

La Plage d'Ostende

La princesse de Clèves

La promesse de l'aube

La Vénus d'Ille

La vie devant soi

L'alchimiste

L'Amant

L'Ami retrouvé

L'appel de la forêt

L'assassin habite au 21

L'assommoir

L'attentat

L'attrape-coeurs

Le Bal

Le Barbier de Séville

Le Bourgeois Gentilhomme

Le Capitaine Fracasse

Le chat noir

Le chien des Baskerville

Le Cid

Le Colonel Chabert

Le Comte de Monte-Cristo

Le dernier jour d'un condamné

Le diable au corps

Le Grand Meaulnes

Le Grand Troupeau

Le Horla

Le jeu de l'amour et du hasard

Le Joueur d'échecs

Le Lion

Le liseur

Le malade imaginaire

Le Mariage de Figaro

Le meilleur des mondes

Le Monde comme il va

Le Parfum

Le Passeur

Le Petit Prince

Le pianiste

Le Prince

Le Roman de la momie

Le Roman de Renart

Le Rouge et le Noir

Le Soleil des Scortas

Le Tartuffe

Le vieux qui lisait des romans d'amour

L'Ecole des Femmes

L'Ecume Des Jours

Les Bonnes

Les Caprices de Marianne

Les cerfs-volants de Kaboul

Les contes de la Bécasse

Les dix petits nègres

Les femmes savantes

Les fourberies de Scapin

Les Justes

Les Lettres Persanes

Les liaisons dangereuses

Les Métamorphoses

Les Mouches

Les Trois mousquetaires

L'étrange cas du Dr Jekyll et de Mr Hyde

L'Ile Au Trésor

L'île des esclaves

L'illusion comique

L'Ingénu

L'Odyssée

L'Ombre du vent

Lorenzaccio

Madame Bovary

Manon Lescaut

Micromégas

Mon ami Frédéric

Mon bel oranger

Nana

Ne tirez pas sur l'oiseau moqueur

Notre-Dame de Paris

Oliver twist

On ne badine pas avec l'amour

Oscar et la dame rose

Pantagruel

Le Misanthrope

Perceval ou le conte du Graal

Phèdre

Ravage

Roméo et Juliette

Ruy Blas

Sa Majesté des Mouches

Si c'est un homme

Stupeur et tremblements

Supplément au voyage de Bougainville

Tanguy

Thérèse Desqueyroux

Thérèse Raquin

Ubu Roi

Un Barrage contre le Pacifique

Un long dimanche de fiançailles

Un secret

Vendredi ou la vie sauvage

Vipère au poing

Voyage au bout de la nuit

Voyage au centre de la terre

Yvain ou le Chevalier au lion

Zadig

À propos de la collection

La série FichesdeLecture.com offre des contenus éducatifs aux étudiants et aux professeurs tels que : des résumés, des analyses littéraires, des questionnaires et des commentaires sur la littérature moderne et classique. Nos documents sont prévus comme des compléments à la lecture des oeuvres originales et aide les étudiants à comprendre la littérature.

Fondé en 2001, notre site FichesdeLectures.com s'est développé très rapidement et propose désormais plus de 2500 documents directement téléchargeables en ligne, devenant ainsi le premier site d'analyses littéraires en ligne de langue française.

FichesdeLecture est partenaire du Ministère de l'Education du Luxembourg depuis 2009.

Plus d'informations sur www.fichesdelecture.com

Notes :